Undergiven Fotograf

Erika Sanders

Serier

Dominans och erotisk underkastelse

Synopsis

Julia är en professionell fotograf som gillar att föreviga viktiga ögonblick i människors liv genom sina fotografier .

Medan han i sin studio avslöjar de senaste bilderna han tagit av en familj kommer en ny kund in i lokalerna.

Den här klienten, en mycket välpositionerad och berömd chef, har ett ovanligt uppdrag för Julia: att fotografera vuxenscener.

Julia är ovillig att acceptera det här uppdraget, men chefens erbjudande är väldigt saftigt...

Undergiven Fotograf är en roman med ett starkt erotiskt BDSM-innehåll och i sin tur en ny roman tillhörande samlingen Erotic Domination, en serie romaner med ett högt romantiskt och erotiskt BDSM-innehåll.

(Alla karaktärer är 18 år eller äldre)

Anmärkning om författare:

Erika Sanders är en internationellt känd författare, översatt till mer än tjugo språk, som signerar sina mest erotiska skrifter, långt ifrån sin vanliga prosa, med sitt flicknamn.

Index

UNDERGIVEN FOTOGRAF
ERIKA SANDERS

DEL ETT
Jobberbjudandet

KAPITEL 1

Julia satt i det mörka rummet i sin lilla fotostudio och framkallade fotografiska bilder.

Fotografering hade alltid varit hans passion och han gjorde det till sin karriär.

Den trettioåriga flickan tittade intensivt på när bilderna blev färdiga.

Hon hängde ut dem på tork och tog en stund för att beundra deras arbete för en kärleksfull familj.

Julia slutade sitt arbete när hon hörde klockan ringa efter att ytterdörren öppnats.

Han gick till receptionen och såg en kvinnlig chef i fyrtioårsåldern, klädd som någon som arbetade på ett mycket fint kontor.

"God eftermiddag", sa Julia med ett varmt leende. "Välkommen till min fotostudio. Jag heter Julia. Hur kan jag hjälpa dig?"

Den professionella kvinnan log tillbaka.

"Hej Julia. Jag heter Catherine."

De skakade hand när Julia stod bakom disken.

"Trevligt att träffa dig, Catherine. Finns det något jag kan göra för dig idag? Letar du efter något speciellt?"

"Det är jag faktiskt. Jag älskar ditt arbete. Jag tycker att du är bra på att ta porträtt och fånga speciella ögonblick."

Julia rodnade.

"Tack. Är du här på rekommendation?"

"Forskning faktiskt. Jag tycker att bilderna du har på din hemsida är fantastiska. Du är en väldigt begåvad kvinna."

"Jag gör så gott jag kan".

"Så hur fungerar den här processen?" frågade Catherine. "Kontaktar folk dig, berättar vad de vill ha och så tar du bilder på dem? Jag är ny på det här, så klart."

"Vanligtvis är det så det fungerar. Ibland kommer folk till min studio om de vill få sina porträtt tagna, eller ibland anlitar de mig för att komma hem till dem."

"Vad för foton brukar du ta?"

"Det beror på", svarade Julia. "Om jag måste gå ut är det oftast för bröllop, ceremonier, examen, sånt. I min studio brukar jag ta familjeporträtt."

"Har du något emot om jag ställer en personlig fråga till dig?"

"Fram."

"Tjänar du mycket pengar på det här?"

"Det är ett värdigt liv."

"Julia, jag tänker inte slösa bort din tid," sa Catherine i en affärsmässig ton. "Jag funderar på att anlita en fotograf för en serie fotograferingar. Jag kommer att betala bra pengar och kräver fullständig diskretion. Alla bilder kommer att vara vuxenorienterade."

"Det borde inte vara ett problem", svarade Julia självsäkert. "Jag har gjort mycket nakenarbete tidigare. Jag är bekväm med sånt."

"Vad har du för erfarenheter av det?"

"På college hade jag några nakenkonstklasser. I min fotografistudie tog jag sensuella nakenporträtt för kvinnor. Det är en ganska vanlig begäran. Jag antar att du vill ha något sådant."

Catherine log.

"Inte riktigt. Det jag gör innebär lite mer erotik."

"Är det pornografiskt?" frågade Julia försiktigt.

"Jag är inte en person som gillar att sätta etiketter på saker. Jag utforskar gränserna för mänsklig sexualitet på ett väldigt speciellt sätt. Jag har speciella vänner och jag skulle vilja att du dokumenterar några av våra sessioner med dina unika färdigheter. en fotograf".

Julia blev lite förbluffad.

"Jag kan inte. Förlåt. Inget illamående, men jag kunde nog inte göra mitt bästa arbete i den miljön."

Catherine sträckte sig ner i sin väska och lade ett visitkort på bordet.

"Tack för din tid", svarade Catherine artigt. "Som konstnär hoppades jag att du skulle vara öppen för alla former av konst som involverar människokroppen. Om du är nyfiken på vad jag gör, ring mig. Jag hoppas fortfarande att vi kan arbeta tillsammans så småningom. Ha det bra dag."

"Du också. Tack för att du kom. Jag ber om ursäkt för att jag inte kunde hjälpa dig."

"Ber inte om ursäkt. Det här är inte för alla. På baksidan av mitt kort har jag skrivit det belopp jag skulle betala för dina tjänster. Tänk på det."

När hon sa detta vände sig Catherine och lämnade det lilla arbetsrummet.

Det hade varit det mest ovanliga erbjudande Julia fått sedan hon startade sitt eget fotoföretag.

Hon hade aldrig blivit ombedd till något öppet sexuellt tidigare.

Han tog upp kortet och tittade på det.

Till sin förvåning hade Catherine en hög nivå på en stor investeringsbank i staden.

Julia vände på kortet och såg priset Catherine var villig att betala, och hon blev förvånad.

KAPITEL 2

Senare tänkte han på den natten.

Nyfikenheten var fortfarande i Julias sinne innan hon gick och la sig, även om en del av henne ville hålla sig borta från Catherine.

Hon gick till papperskorgen där hon hade kastat det och tog fram Catherines visitkort, som hon hade rullat till en liten boll.

Han vecklade upp den och tittade igen.

Han gick sedan till sin dator för en snabb genomgång.

Efter en kort sökning hittade Julia Catherines LinkedIn-sida.

Catherine var en erfaren affärskvinna med en hög position på en stor investeringsbank.

Mängden erfarenhet Catherine hade på hög nivå var överraskande för Julia.

Julia fortsatte sin sökning på nätet och hittade Catherines Facebook-sida som var öppen för alla.

Hon tittade igenom de personliga bilderna på affärskvinnan.

Catherine var vacker, elegant, sofistikerad, med en befallande aura.

Julia undrade varför en sådan kvinna skulle vara intresserad av att ta tydliga bilder.

Men uppenbarligen har alla sina hemligheter, tänkte Julia.

Intrigen räckte för att Julia skulle ändra sig.

När allt kommer omkring, hur förslappade kan dessa bilder vara?

Visst måste de vara smakfulla.

Han öppnade sin e-post och skrev ett meddelande till Catherine:

Hej Catherine

Jag hoppas att du har roligt. Jag är Julia från fotostudion. Jag har funderat mycket över ditt erbjudande och kanske omprövar min ståndpunkt i frågan om du fortfarande är intresserad av att arbeta med mig. Men först har jag några frågor. Finns det en lämplig tidpunkt när vi kan prata i telefon? Eller vill du fortsätta kommunicera via e-post? Låt mig veta.

Ta hand om dig själv,

Julia"

Han tittade på klockan och klockan var redan elva tjugofem på natten.

Julia stängde av sin dator och tittade en gång till på visitkortet.

Han vände på den och tittade på Catherines handskrivna lapp: Femhundra dollar i timmen.

bara blivit mer nyfiken när hon gick och la sig.

KAPITEL 3

Nästa morgon var en typisk morgon för Julia.

När det inte fanns några leads eller kunder i hans lilla studio spenderade han sin tid i mörkrummet för att framkalla fler bilder.

Det var ett tråkigt arbete, men hon njöt av det.

När hon var klar lämnade hon det mörka rummet och tittade på sin bärbara dator på sitt skrivbord.

Det kom flera nya mejl.

ögon bläddrade över listan med meddelanden, varav de flesta var arbetsrelaterade.

Det som direkt fångade hans uppmärksamhet var Catherines e-postsvar.

Hon öppnade den:

Julia

Jag är glad att du omprövat mitt erbjudande. Det är bäst om vi träffas personligen för att diskutera detta. Kom till mitt kontor på fredag klockan åtta på morgonen. Jag ska ge dig en tid till receptionen och min sekreterare för att släppa in dig.

Catherine"

Det korta mejlet var mer än tillräckligt för att väcka Julias intresse ännu en gång.

Hon sträckte sig ner i sin väska för att hitta adressen till sitt centrala kontor på Catherines visitkort.

Hon gick online och letade upp vägbeskrivningar från sitt hem, och såg till att hålla sitt schema klart för fredagsmorgonen.

DEL TVÅ
Bondagerummet

KAPITEL 4

Julia stod nervöst i hissen när den gick upp i den stora byggnaden.

Hon bar en knappad skjorta med en affärskjol för att se lämplig ut i en företagsmiljö.

När hissen äntligen nådde golvet letade Julia blygt efter Catherines kontor i det främmande området för henne.

När han hittade henne gick han fram till en ung sekreterare som släppte in honom på kontoret.

Hon svalde tyst när hon gick in och insåg att hon precis hade avbrutit Catherines kontorsarbete, vad det nu var vid den tiden.

"Snälla få en plats", sa Catherine artigt bakom sitt skrivbord. "Jag är glad att du ändrade dig om ett möjligt förhållande."

Julia satte sig upp och slappnade av.

— Jo, jag tänkte på det och insåg att det nog är något med god smak.

"Titta på mitt kontor. Naturligtvis är allt jag gör smakfullt", sa affärskvinnan skämtsamt.

"Jag kan definitivt se det."

"Och jag är säker på att pengarna jag erbjuder har hjälpt till att övertyga dig, stämmer det?"

Julia rodnade.

"Det är en del av det ."

"Bra", instämde Catherine. "Jag uppskattar din ärlighet. Det är ingen skam att vilja ha mer pengar."

"Pengar är alltid bra. Jag är inte direkt rik. Men framför allt älskar jag konsten att fotografera. Jag älskar att ta bilder av människor som kommer att hålla livet ut. Du verkar vara en riktigt intressant person och berättar din historia med min foton var en möjlighet som jag bara inte kunde missa."

"Jag visste att jag valde rätt kvinna för jobbet," log Catherine.

"Skulle du ha något emot att ge mig en uppfattning om vad du vill? Jag förstår ditt behov av diskretion med tanke på ämnet. Men vid det här laget skulle jag vilja veta vad jag ger mig in på."

"Är du bekant med bondage och BDSM-livsstilen?"

Julia blev förvånad.

"Ja det är jag."

"Vad kan du berätta om det?"

Julia tänkte en stund.

"Inte mycket. Jag kan bara de klyschiga sakerna jag ser på TV. Du vet, piskor, kedjor, läder. Sånt."

"Det är bara en liten aspekt av fetischen," förklarade Catherine. "True BDSM handlar om dominans och underkastelse. Det handlar om att förlora makt och ge sig själv helt till en annan person. På ett säkert och samförståndsmässigt sätt förstås. Piskor och kedjor är bara verktyg för att uppnå ett specifikt mål. "

"Är hon en älskarinna eller något?" frågade Julia med en blyg ton.

"Jag gillar inte etiketter. Men jag tror att jag skulle passa den beskrivningen. Stör det dig?"

"Inte alls. Umm, jag tycker att kvinnlig egenmakt är en stor sak."

"Jag också," instämde Catherine. "Och du kommer att se en seriös kvinnlig empowerment när du kommer in i mitt speciella rum. De flesta av mina subs är mäktiga affärsmän i sina dagliga liv. De bryr sig om att få mig på knä privat."

"Och du?"

"Jag vad?"

"Inger du också?" frågade Julia.

Catherine log.

"Självklart gör jag det. Jag skulle inte göra det här om jag inte älskade varje sekund av det."

"Hur fungerar det här? Jag menar, kommer de och hälsar på dig? Så vadå? Slår du dem eller något?"

"Jag har ett speciellt träldomsrum på min vind," svarade Catherine. "Jag träffar olika undergivna från företagsvärlden. Det är något exklusivt. Vanligtvis på helgerna. Bara för en timme."

"Varför en timme?" frågade Julia.

"Det är den perfekta tiden, enligt mig. Om det pågick för länge skulle saker börja göra ont, på ett dåligt sätt. Om det var för kort skulle det inte finnas tillräckligt med förspel för att bygga upp saker och ting. En timme är den perfekta tiden för att bygga en otrolig klimax."

— Det låter provocerande.

"Vänta tills du ser det," sa Catherine. "Jag bär en guldmask. Det är som ett alter ego jag har. När masken väl är på blir jag en annan person. Om folk tycker att jag är en kärring på kontoret, vänta tills du är i mitt träldomsrum med mig." med masken på och en piska i handen. Jag blir något helt annat."

Julia var attraherad av Catherine.

Det var en ny värld av sexuell frihet obegränsad av personliga hämningar.

Det stötte bort honom på ett sätt, men samtidigt var han helt fascinerande.

Jag kunde inte vänta med att se den och fånga den på kameran.

"Du vill att jag ska fotografera hela upplevelsen, eller hur?" frågade Julia för att göra det klart.

"Jag vill att du fotograferar allt utom ansiktena. Diskretion är av yttersta vikt eftersom mina underdelar mestadels är rika individer. Du kommer inte att få veta vilka de är. De kommer att vara maskerade hela tiden."

Julias fingrar ryckte.

"Jag ska vara ärlig. Allt det här verkar konstigt för mig. Jag har aldrig blivit ombedd att vara en del av något liknande förut. Jag har inte ens sett dessa saker på video, vilket inte betyder att jag inte har gjort det. sett porr. Allt är väldigt nytt för mig."

"Då avundas jag dig", svarade Catherine.

"Verkligen varför?"

"För att du kommer att utforska detta för första gången, med jungfruliga ögon."

"Det kommer definitivt att bli fallet", svarade Julia.

"Säg mig, är du nöjd med ditt sexliv?"

"Vad menar du?"

"Är du sexuellt tillfredsställd?" frågade Catherine rakt av. "Kommer du som du vill? Skulle du vilja få bättre orgasmer? Vill du att någon ska knulla dig med kropp och själ?"

Julia blev överraskad av den respektabla affärskvinnans frågeställning.

"Mitt sexliv kunde bli bättre", erkände han. "Jag är singel. Jag har inte dejtat på länge. Det är det personliga priset jag betalar för att driva mitt eget företag."

"Så du onanerar säkert mycket."

"Mer eller mindre."

Catherine tog en penna och ett anteckningsblock och började skriva. När han var klar överlämnade han lappen till Julia.

"Det är adressen till min lägenhet," sa Catherine. "Nästa session är lördag klockan tio på natten. Var inte sen. Du kommer att få betalt femhundra dollar för hela timmen. Ta bilder av allt du vill, utom ansikten eller något som kan användas för att identifiera någon . bilder kommer exklusivt att tillhöra mig. Så snälla lägg dem inte någonstans. Min sekreterare kommer att ha ett kontrakt och sekretessformulär redo för dig att underteckna när du lämnar mitt kontor. Det är allt för nu."

Julia reste sig.

"Tack. Jag ser fram emot vårt möte på lördag."

Catherine reste sig också, och de två kvinnorna skakade hand för att informellt avsluta affären.

"En sak till, ha en snygg klänning när du kommer över. Jag vill att du ska se bra ut."

Utseendet på Julias ansikte förändrades.

Just i det ögonblicket hade han precis insett vad han gav sig in på.

KAPITEL 5

Efter att ha träffat sekreteraren för att underteckna formulären och avtalen skyndade Julia ut ur företagsbyggnaden för att få lite frisk luft.

Hans sinne var en blandning av känslor.

Jag var nyfiken, men jag var nervös.

Jag var nyfiken, men motvillig.

Han insåg att allt detta var i ledningen, men det var för sent att vända tillbaka.

Hon hade redan gett sitt ord, hon hade skrivit på kontrakten och det fanns ingen återvändo.

Det var trångt på centrumgatan och hon såg företagsanställda gå till sina destinationer, medan hon stod helt nervös.

Julia såg en liten uteservering och gick över för att ställa sig i kön.

Han behövde desperat något starkt att dricka.

I samma ögonblick när Julia ställde sig i kö hörde hon en röst som ropade på henne bakifrån.

När hon vände sig om såg hon Catherines personliga sekreterare närma sig henne med ett leende.

Sekreteraren var förvånansvärt ung, i tjugoårsåldern, och hon var väldigt vacker.

"Har jag glömt att skriva på något?" frågade Julia när sekreteraren närmade sig.

"Nej. Allt det där är redan gjort. Jag har semester och jag ville prata med dig."

"Oh varför?"

"Jag vet vad de har anställt dig för", sa han. "När du skrev under dokumenten såg du livrädd ut, som om du skrev på ett kontrakt för ditt liv."

"Kan du klandra mig för att jag känner så här?"

Sekreteraren log.

"Det är en normal känsla. Jag vet precis vad du går igenom."

"Du vet det?" frågade Julia.

"Ja. Låt oss bara säga att jag gick igenom en omfattande intervjuprocess för att få mitt jobb som Catherines sekreterare."

Det tog inte lång tid för Julia att knyta an.

Han insåg omedelbart att den vackra unga sekreteraren var sexuellt undergiven till Catherine.

Julia gjorde sitt bästa för att inte bli förvånad.

"Så du och Catherine?" frågade Julia suggestivt och nyfiket.

Sekreteraren nickade stolt.

"Jag sökte jobbet med vetskapen om att jag inte var kvalificerad att arbeta för en förstklassig företagskvinna. Men jag trodde att jag inte hade något att förlora. Hon intervjuade mig personligen. Jag kunde säga att hon gillade mitt utseende. Och innan jag visste ordet av det. , Jag skrev på en massa från samma dokument som du gjorde. Sedan släppte hon in mig i sin privata äventyrsvärld."

"Varför berättar du det här för mig? Jag vill inte låta oförskämd, men det är inte precis den informationen som ska delas."

"Det låter som att du kanske behöver en vän. Jag vill inte att du ska vara nervös."

"Tack", svarade Julia. "Men jag är redan nervös. Jag kan inte låta bli att känna att jag har gjort ett stort misstag. Jag är inte säker på att jag klarar en sådan fetisch."

"Jag tänkte samma sak när jag började engagera mig med henne. Jag var livrädd när jag först såg hennes träldomsrum. Mina händer skakade när vi började processen. Men nu kan jag inte vara utan den."

"Vad fick dig att ändra åsikt?" frågade Julia.

"Nöje."

KAPITEL 6

Lördag kväll.

Julia gick till lägenheten med sin kamera i sitt fodral och hon bar en gul klänning som hon hade köpt speciellt för tillfället.

Klockan var nio på natten.

Han kom en timme innan mötet när han tog hissen upp.

Att vara punktlig var en del av jobbet.

När hon kom till lägenheten gick Julia fram till Catherines lägenhet och ringde.

Han behövde inte vänta länge på att Catherine skulle öppna dörren barfota i en sidenrock.

Catherines hår var välstylat, liksom hennes perfekta makeup.

"Du är tidig," log Catherine.

"Jag gillar alltid att vara tidig. Är det ett problem? Jag kan alltid komma tillbaka lite senare..."

"Nej, nej, det går bra. Kom in. Jag är glad att du är tidig. Det ger oss en chans att prata lite mer."

Julia gick in i lägenheten och förundrades över allt.

"Vackert ställe", sa Julia beundrande. "Det här är underbart. Jag har aldrig sett något liknande i staden."

"Det kommer att bli många saker ikväll som du inte har sett förut."

"Jag är säker på att du har rätt. Får jag se ditt träldomsrum? Jag skulle gärna ta några bilder på det just nu."

"Inte än," svarade Catherine. "Jag vill att du tar bilder när allt börjar, inte innan."

"Väl."

"Något rädd?"

Julia tänkte en stund.

"Lätt. Men jag kommer att klara mig. Jag är definitivt nyfiken dock. Jag har aldrig varit med om något liknande."

"Du är en sådan kvinna som kommer att njuta av det här. Jag kan känna det."

"Vad får dig att säga det?"

"Jag har gjort det här länge", svarade Catherine. "Jag kan berätta mycket om människors sexuella vanor bara genom att titta på dem. Efter ikväll är jag säker på att du kommer att vara sugen på att komma tillbaka. Du kommer att bli fast. Lita på mig."

Julia kände sig plötsligt obekväm över Catherines antagande.

Hon försökte förbli professionell och seriös.

"Så vad kan du berätta om kvällens gäst?" frågade Julia och bytte ämne.

"Han är rik. Han är en vän till mig sedan länge. Jag brukar få affärsråd från honom, men sexuellt tar han sina beställningar från mig. Du kommer inte att se hans ansikte och du kommer inte att veta hans identitet."

"Vid vilken tid kommer han?"

"Det är här," log Catherine.

"Han är ...?"

Catherine gjorde en gest ned i korridoren.

"Den är i mitt stora rum. Vill du ta en titt?"

Båda kvinnorna gick nerför korridoren i den lyxiga lägenheten.

puls steg upp som om hon tränade konditionsträning.

Hennes hjärta slog snabbt när Catherine öppnade dörren till sovrummet.

"Där är den", sa Catherine.

Julia blev nästan förvånad när hon såg en medelålders man sitta på sängen, endast klädd i sina underkläder.

Hans ansikte och huvud var täckta med en svart lädermask.

Det var hål i den så att han kunde se och prata.

Han tittade direkt på Julia.

kropp speglade hans ålder och hans figur var slät och knubbig.

Hans händer var sammanbundna med ett rep.

"Vad tror du?" frågade Catherine med ett gränslöst ondskefullt leende.

"Jag vet inte vad jag ska tro".

"Tja, är du rädd för vad jag ska göra med honom? Tänder detta dig på något sätt? Du måste ha några idéer om det."

"Det är verkligen en väldigt provocerande bild."

Catherine log.

"Om du tycker att det här är provocerande, vänta tills showen börjar. Det är dock inte dags än."

Han stängde sovrumsdörren och de stod i korridoren.

"Under tiden", sa Catherine och tittade på fotografens kropp. "Jag trodde att jag sa åt dig att ha en snygg klänning ikväll."

Julia tittade kort på sin billiga gula klänning.

"Förlåt. Det här var det bästa jag kunde hitta."

"Inte tillräckligt bra. Följ mig."

De två kvinnorna gick mot ett annat rum i slutet av hallen.

Det var ett gästrum, som var lika imponerande som huvudrummet.

Rummet var snyggt och sängen verkade nybäddad.

Catherine öppnade garderoben och letade kort igenom det stora utbudet av dyra kläder.

När hon hittade det hon letade efter slängde hon det på sängen.

Det var en elegant och smal svart klänning.

"Sätt på dig den", sa Catherine. "Jag vill inte att du ska ha något annat än det, inte ens dina skor."

"Hur är det med min bh och trosor?"

" Inte heller. Blir det ett problem?"

Julia skakade på huvudet.

"Nej."

"Bra. Klä på mig i det här rummet. Jag kommer snart tillbaka när jag får på mig stövlarna och blivit av med den här manteln."

"Väl."

"Är du redo för detta?" frågade Catherine.

"Jag är."

"Du ser obekväm ut. Det är okej att vara nervös. Men om du inte vill fortsätta så är det också okej. Jag kan alltid hitta någon annan och jag betalar till och med dig för ikväll."

Julia tog ett kort andetag.

"Nej. Jag vill göra det här. Jag tar på mig min klänning och jag är redo när du är."

"Utmärkt," log Catherine, innan hon vände sig om för att gå därifrån.

Julia lämnades ensam i det lyxiga gästrummet.

Hon tittade på den svarta klänningen som låg på sängen och undrade hur mycket den var värd.

Det verkade dyrt.

Hon sänkte kameran, tog sedan av sig sin gula klänning och slängde den på sängen.

Han tog av sig skorna.

Till slut, som Catherine begärde, tog hon bort sin bh och trosor och stod naken i rummet.

Hon stirrade på sitt nakna utseende i spegeln och noterade hur normal hon såg ut.

Hon tog upp den svarta klänningen och tog på sig den och tittade sedan på sig själv i spegeln igen.

Den här gången såg hon väldigt annorlunda ut.

Hon verkade vara en kvinna av klass och elegans.

"Vackert," sa Catherines röst från korridoren.

Julia var förvånad över att hon hade setts, men hon var inte säker på hur länge.

Hans ögon vidgades när han såg Catherine i en svart korsett och långa svarta stövlar.

Catherines utseende stod i skarp kontrast till hennes vanliga professionella klädsel.

"Åh, tack", svarade Julia tyst. "Du ser också vacker ut."

"Nu är det dags. Jag har låst upp mitt specialrum. Det är nere i korridoren. Vänta på mig där med din kamera redo, så tar jag med vår speciella gäst. Du är fri att ta bilderna hur du vill. Jag vann inte ge dig instruktioner om hur du gör ditt jobb. Det är upp till dig."

"Tack."

Catherine steg åt sidan och signalerade till Julia att det var dags att gå till träldomsrummet ensam.

Julia tog ett mjukt andetag och med sin stora kamera i handen strök hon förbi Catherine och gick ner i korridoren mot det öppna rummet.

KAPITEL 7

Bondagerummet var stort och väggarna var täckta med svart stoppning.

Det var ett mycket väl upplyst rum.

Julias ögon svepte över de olika sexuella föremålen och prylarna som visades.

Det fanns ett brett utbud av dildos, sexleksaker, kedjor och klämmor.

Det fanns en stol och ett bord i rummet, vilket var de enda möblerna som fanns.

Det fanns en stor klocka på väggen för att säkerställa att varje pass varade exakt en timme.

Det var inte förrän hon hörde ljudet av Catherines klackar klicka i golvet som Julia kom ihåg att hon hade ett specifikt jobb att utföra.

De var på väg och Julia förberedde sin kamera för att ta bilder.

Det första Julia såg gå in i rummet var den medelålders mannen, hans händer fortfarande bundna och ansiktet fortfarande täckt för att skydda sin identitet.

Julia tog ett foto av honom.

Sedan kom Catherine in i rummet.

Hon bar en glänsande guldmask som täckte hennes ansikte, men lät håret falla fritt.

Masken såg ut som om den skapades på 1400-talet eller så för någon kunglig familj, tyckte Julia.

Julia tog bilder av Catherine som leder mannen in i rummet och sedan stängde dörren.

Julia tittade nyfiket på när den bundna mannen var tvungen att knäböja.

Catherine beordrade honom att gå på knä och vara tyst.

Julia tog fler bilder.

Catherine gick fram till sin samling sexleksaker och sökte efter vad hon ville ha.

Hon bestämde sig till slut på en lång, köttfärgad dildo.

Men hon var inte klar än.

Hon spände fast dildon i ett bälte och satte sedan på den över sin läderkorsett.

Julia tog fler bilder.

"Är du redo ikväll?" frågade Catherine sin undergivna man.

"Mmm... Hmmm..." mumlade han tillbaka.

"Bra pojke," sa Catherine i en nedlåtande ton. "Nu vill jag ha din lilla rumpa böjd över bordet."

Mannen reste sig och placerade sig på bordet, magen på det och benen isär.

Mannen visade att han hade gjort detta flera gånger tidigare och att han njöt av varje ögonblick, oavsett hur stormig eller förnedrande upplevelsen verkade för en normal person.

Catherine tog en liten träpaddel och började försiktigt knacka på mannens bak.

Först var det mjukt, som om hon brydde sig om hans välmående.

Med spaden började han slå hårdare, sedan ännu hårdare.

Mannen började mumla med munnen när slagen blev mer intensiva.

Julia tyckte nästan synd om honom, men hon gjorde sitt jobb och tog bilder åt honom.

"Gillar du det lilla grisen?" sa Catherine till honom och fortsatte med spaden.

"Mmm... Hmm..."

"Jag har något annat till dig."

Catherine lade ner spaden och band mannens händer och vrister vid olika hörn av bordet.

Han åkte fast.

Allt hans förtroende sattes helt och hållet på Catherine.

Hon var på hans vilja och på hans nåd.

Han tog en flaska glidmedel och smetade en stor mängd på fingertoppen.

Julia tog närbilder av Catherines insmorda finger.

Julia tog sedan närbilder av fingret som gick in i mannens anus.

Han stönade när han penetrerades av Catherines finger.

Sedan satte han in två fingrar.

Sedan tre.

Julia undrade om mannen njöt av det.

Men det var inte hans sak.

Julias jobb var att ta en bild av penetrationen, och det gjorde hon, kameran tog in allt.

Julias mage föll nästan när hon såg Catherine placera sig bakom mannen, den stora penis fastspänd på hennes midja pekade direkt på mannens utsträckta baksida.

Julia var redo att skrika och vädja för den hjälplösa mannen på bordets vägnar.

Hon ville stoppa detta galenskap för hans räkning.

Men det gjorde hon inte.

Det var inte hans roll.

Hennes mun var öppen i misstro och hon sänkte kameran en kort stund så att hon kunde se analpenetrationen med sina egna ögon.

Det var en skakande syn.

Hon lyfte upp kameran, riktade den direkt mot analpenetrationen och tog fler bilder.

KAPITEL 8

måndag.

Det var tidigt på morgonen och Julia stod i sitt mörka rum och framkallade alla bilder hon tagit för Catherine.

Det blev över tvåhundra bilder totalt.

De första partierna var klara.

Bildkvaliteten var bra och hon beundrade sitt eget arbete.

Han visste att Catherine skulle vara nöjd med sättet han fångade träldomsrummet.

Han visste att Catherine också skulle gilla hur den undergivna mannen tillfångatogs.

Det fanns bilder som fångade Catherine i hennes outfit, och det fanns närbilder av guldmasken.

Julia tittade kort på resten av filmremsorna hon hade tagit.

Han tittade på bilderna av mannen som sög på sexobjektet, fick smisk och sedan sodomiserad under en lång period av det stora bältet.

Hennes hjärtslag steg.

Han tittade sedan på bilderna av mannen som skakas av Catherine.

Den här hade skjutit en massiv mängd sperma på golvet, som han sedan beordrades att rensa upp med tungan.

Julia kände en brännande känsla mellan benen.

Hon blev upphetsad i hans mörka rum, precis som hon hade varit i Catherines träldomsrum.

Hon knäppte upp byxorna och gled ner högerhanden nerför trosorna.

Han såg filmen utvecklas, mannen sög på dildon medan han låg på knä och rörde vid sig själv sexuellt.

Han kom ihåg allt han kände när han såg allt för första gången.

Hon visualiserade att han blev sodomiserad och att Catherine onanerade honom.

Hon rörde vid sig själv när hon tänkte på mannen som suger på Catherines bröst .

Hon tänkte på alla de verbalt förnedrande kommentarer han hade gjort till henne och den svåra situation hon hade hamnat i.

Då föreställde sig Julia sig i mannens position.

Hon undrade om hon kunde njuta av att få suga på en dildo och sodomiseras i en sådan förnedrande ställning.

När hon fick orgasm i det mörka rummet insåg hon att svaret var ja.

DEL TRE
Gyllene mask och svart klänning

KAPITEL 9

Två månader senare bar Julia en ny klänning när hon gick till Catherines kontor.

De hade bjudit in henne till ett privat möte.

När han väl kom fram till lägenheten utan att tveka hade han en kort diskussion med sekreteraren och släpptes in på Catherines kontor.

De två kvinnorna hälsade på varandra med en kram, och båda satt på var sin plats, med Catherine bakom sitt stora skrivbord och Julia sittande mitt emot henne.

"Jag kan ärligt säga att du är den bästa medarbetaren jag någonsin har haft", sa Catherine. "Det betyder något, med tanke på antalet kvalificerade personer som har arbetat för mig genom åren."

En känsla av stolthet sköljde över Julia.

"Tack. Jag gör så gott jag kan."

"Tycker du om att ha mig som din arbetsgivare? Jag har ett rykte om att vara en riktig tik, vilket är välförtjänt."

"Jag tycker inte att du är en jävel alls", svarade Julia lekfullt. "Jag tycker att du är en stark kvinna. Och du är lätt den mest spännande arbetsgivaren jag någonsin haft. Varje vecka är fantastisk. Jag älskar det. Jag ser alltid fram emot våra möten."

"Tja, tyvärr kommer era tjänster inte längre att behövas," sa Catherine i en rak affärston. "Du har slutfört din uppgift med att fotografera alla mina subs. Jag tycker att du har gjort ett fantastiskt jobb. Ditt arbete har vida överträffat mina förväntningar."

Julia blev förvånad.

Han hade älskat att njuta, titta på och ta bilder av Catherines hemliga sexliv.

Att gå till sin lägenhet på lördagskvällar var veckans spänning.

Och han onanerade privat varje gång han kom hem.

Han hade också blivit förtjust i Catherines företag varje vecka.

"Nåja, jag är glad att du gillade mitt arbete", svarade Julia och försökte inte låta förkrossad.

"Jag är inte den enda som gillar det. Alla mina manliga subs är överens om att du har gjort ett enastående jobb med din fotografering. Du kommer att få en rejäl bonus för detta. När du lämnar mitt kontor kommer min sekreterare, ger dig ett kuvert med pengarna".

"Det är väldigt snällt av dig."

Catherine log.

"Det är inget problem."

"Finns det något sätt vi... kan... fortsätta det här?" frågade Julia med all tillförsikt hon kunde uppbåda. "Som fotograf tror jag att det finns mycket mer vi kan utforska som vi inte har gjort ännu."

Catherine höjde på ögonbrynet.

"Verkligen? Så den blyga lilla fotografen vill fortsätta jobba för mig. Det är intressant."

"Ja, jag är intresserad av din hobby", erkände Julia trots sig själv. "Det är en fascinerande sak, och jag tycker att vi har gjort ett bra jobb tillsammans när det gäller att göra konst."

Catherine tänkte på det en stund.

"Jag kanske har något annat till dig. Inga garantier. Men det kan vara utom räckhåll för dig."

Julias uppmärksamhet väcktes plötsligt.

"Vad är det?"

"Tråldomsfetisch är vanligare i affärsvärlden än du kanske tror. Det är väldigt populärt bland mäktiga män, eftersom de älskar rollomvändning. De älskar att avstå kontrollen till förföriska kvinnor efter att ha varit chefen över allting." dagen. Är du intresserad hittills?"

"Säker."

"Jättebra. Jag kontaktar arrangörerna för att se om du kan vara med."

"Händelse?" frågade Julia.

"Ja, det är en liten händelse som händer då och då. Det är en bondage-fest, i grund och botten, där de rika och mäktiga verkligen har roligt, som vuxna."

"Det låter som något jag skulle älska att se."

Catherine log.

"Du har ingen aning. Det är så smutsigt och vulgärt, alla är maskerade. Allt är helt diskret. Dessutom är det en tradition."

"Vad skulle jag göra där?"

"Ta bilder. Vad skulle det annars vara? Eventarrangörerna kanske vill ha några fina bilder till souvenirer eller något."

"Det kan jag absolut göra", svarade Julia. "För att vara ärlig, ända sedan jag började ta bilder av dina bondage-sessioner verkar allt annat jag gör på jobbet ganska tråkigt i jämförelse."

Catherine log.

"Jag visste att du skulle gilla det. Du är en sådan tjej. Om du ursäktar mig, jag har en dejt om några minuter."

"Åh, såklart. Tack för din tid."

Julia reste sig och sträckte fram handen för ett handslag innan hon gick.

"En sak till," tillade Catherine. "Mina andra vänner spelar inte alltid lagligt. Så om du vill fortsätta jobba för mig måste du vara säker."

"Jag är säker."

Catherine nickade.

"Jag trodde det. Vi kommer att hålla kontakten. Och vi återkommer snart."

KAPITEL 10

En vecka senare.

Det var tidigt på tisdag morgon.

Julia väcktes av en rad knackningar på dörren.

Hon reste sig ur sängen, tittade kort på sig själv i spegeln och öppnade sedan dörren.

Till hennes förvåning var det Catherines sekreterare som höll i ett litet paket.

"God morgon", sa sekreteraren med ett strålande leende.

"God morgon, kom in."

Sekreteraren gick in i den lilla lägenheten med paketet och Julia stängde dörren.

"Förlåt att jag stör dig så tidigt", sa sekreteraren. "Jag är upptagen resten av dagen, så det här var den enda gången jag hade."

"Oroa dig inte. Vill du ha en kaffe eller något att dricka?" frågade Julia.

"Jag mår bra, tack så mycket."

"Så vad tar dig hit i morse?"

"Catherine har kontaktat arrangörerna av evenemanget", svarade sekreteraren. "Alla älskar ditt arbete och tror att dina bilder skulle vara välkomna."

"Det här är fantastiska nyheter. Jag vill gärna vara med."

"Det finns dock ett villkor."

"Vad är det?" frågade Julia.

"Trägldomsevenemanget är exklusivt, och de släpper inte in främlingar. Därför måste du ha en initiering innan du kan ta bilder där."

Nyheten väckte Julia starkare än någon kopp kaffe.

"Vad menar du?"

"Det finns en initieringsprocess för nya medlemmar. Jag har fått höra att det inte finns någon väg runt det. Du måste göra det om du vill fortsätta arbeta för Catherine."

"Jaha, vad kräver denna initiering? Något extremt?"

"Det ändras varje gång", svarade sekreteraren. "Jag blev initierad för några år sedan, och det var ganska tyst. Men för andra människor, wow. Jag önskar inte att det hade varit dem."

Julia kände plötsligt hur hennes sinne snurrade.

Han ville ha jobbet mer än något annat, och han ville inte göra Catherine besviken genom att vägra.

"Säg till Catherine att jag ska göra det," sa Julia.

Sekreteraren log och lade paketet på ett närliggande bord.

"Hon visste att du skulle vara intresserad. Det här är för dig."

"Vad är det?"

"Öppna den så får du se."

Julia lyfte på locket på förpackningen för att se en gyllene mask på ett fint svart tyg.

Masken var elegant och liknade den som Catherine bär under varje bondage-session.

"Vad är det för?" frågade Julia medan hon tog masken för att undersöka den.

"Du måste bära den till eventet. Det är samma typ som Catherine, som låter folk veta att du är hennes gäst och hennes sub."

Julia fortsatte att titta på honom.

"Det är en vacker mask."

"Det är det verkligen. Det finns också en outfit i förpackningen. Du måste ha den på dig. Inget annat än hälarna."

Julia lyfte den tunna svarta duken från paketet.

Det var helt genomskinligt.

"Får jag inte ha något annat under?" frågade Julia.

"Nej, ingenting. Evenemanget börjar klockan sju på kvällen på lördag. En chaufför kommer och hämtar dig klockan sex, så var beredd.

Du får ha en kappa för att täcka kroppen när du går till bilen, men ta av den en gång tills du kommer till evenemanget. Glöm inte att ta med din mask och din kamera."

"Kan jag fråga dig en personlig fråga?"

"Visst", svarade sekreteraren.

"Tror du att jag kan gå igenom det här? Jag menar, enligt din åsikt, tror du att jag kommer att kunna hantera det som kommer att hända på evenemanget?"

Sekreteraren log.

Det finns bara ett sätt att ta reda på det."

KAPITEL 11

Lördag kväll.

Hissdörren öppnades och Julia gick i rask takt ner i hallen i sitt hyreshus.

Hon hade höga klackar och en stor kappa.

Under bar hon den genomskinliga svarta klänningen och inget annat.

Han höll i paketet med guldmasken inuti, och en annan låda som innehöll hans kamera.

Hon gick så fort hon kunde så att ingen skulle se henne.

En svart bil väntade på henne, med föraren som höll dörren öppen.

När han klev in i bilen såg han Catherine sitta i baksätet.

När Julia väl satt sig stängde föraren dörren och begav sig mot sin destination.

"Du ser söt ut i den där outfiten," sa Catherine. "Det är trevligt att se dig i något lite sexigare än vad du brukar ha på dig."

"Tack. Du ser också bra ut."

Julias ögon vandrade över Catherines kropp, som var mycket mer naken.

Catherine skämdes inte över att sitta i bilen endast iklädd en tunn svart klänning.

Varje kurva på hennes kropp var fullt synlig, och hennes stora bruna bröstvårtor kunde ses genom det tunna materialet.

"Du verkar lite nervös," påpekade Catherine.

"Mer eller mindre. Hela den här processen är ganska skrämmande för mig. Jag hörde att det är en initiering jag måste gå igenom."

Catherine log.

"Du hörde det rätta."

"Kan du åtminstone ge mig en uppfattning om vad som kommer att hända?" frågade Julia blygt.

"Jag är rädd att inte, älskling. Men oroa dig inte. Du är i goda händer."

"Jag hoppas det. Gud, det här är lite läskigt."

"Varför är du här då?" frågade Catherine rakt av. "Vad är den verkliga anledningen? Det måste vara något mer än professionell nyfikenhet. Erkänn det, du är en hemlig slampa."

"Jag är ingen hora."

"Då kanske jag borde be föraren att vända den här bilen och köra tillbaka den till din lägenhet.

"Vänta", svarade Julia snabbt. "Jag är här för att jag gillar det du gör. Jag tycker det är spännande. Jag vill fortsätta titta på dig."

"Har du fantasier om att gå med? Har du någonsin tänkt på att bli smisk, tvingad att bära en strap-on med dig i något av dina trånga hål?"

"Ja det gör jag."

Ett busigt leende dök upp på Catherines ansikte.

"Självklart. Jag visste att du hade underkastelsespotential från den dag jag gick in i din studio. Det är oftast de tysta tjejerna som gör de största slamporna."

"Jag är ingen hora."

"Invigningen bör ta hand om det. Kom ihåg att ingen tvingar dig att vara här. Du kan gå när du vill."

En rysning av rädsla och spänning skickade ner för Julias ryggrad.

Han undrade vad Catherine menade, men Catherine vände bara på huvudet med ett lätt leende och tittade ut genom bilfönstret.

DEL FYRA
Smärta och njutning

KAPITEL 12

Säkerhetsportarna öppnades och bilen släpptes in på den stora fastigheten.

Bilen stannade framför en herrgård och de två kvinnorna klev ur den.

"Det är här vi sätter på oss våra masker," sa Catherine. "Och ta av dig kappan. Det är dags att visa upp din fina kropp."

Julia tog av sig kappan och slängde in den i bilen.

En lätt vind av vind påminde honom om hur sårbar han var.

Hon kände mellanrummet mellan hennes ben pirra av den kalla luften.

Hennes rosa bröstvårtor stelnade från en andra omgång av bris.

Julia stängde benen hårt i ett svagt försök att täcka hennes kvinnlighet.

Båda kvinnorna tog på sig sina guldmasker.

Julia sträckte sig in i bilen och tog sin kamera.

De stängde dörrarna och bilen körde iväg.

Ingången till herrgården vaktades av två robusta män.

De bar också masker och förblev tysta när de två kvinnorna närmade sig dem .

"Snälla lösenord", frågade en av de maskerade säkerhetsvakterna.

"Handduk," svarade Catherine.

"Ni kan fortsätta mina damer."

Vakten öppnade dörren och de gick in i herrgården.

Julia förundrades över byggnadens extravagans.

Det såg ut som att det var byggt för en kunglig familj.

Målningar, dekorationer och samlarföremål visades på väggarna.

Entrén genom vilken de gick in var täckt av en stor röd matta.

De gick genom en stor hall.

"Du måste vänta ett tag i gästrummet," sa Catherine. "Någon kommer snart och letar efter dig."

Julia tog ett djupt andetag.

"Väl."

"Du kommer att klara dig. Lugna dig."

"Kan du berätta för mig vad som kommer att hända?" frågade Julia. "Jag skulle vara mindre nervös om jag visste det."

"Nej. Vänta i rummet tills någon kommer och hämtar dig. Håll din mask på och lämna kameran där. Det kommer att finnas gott om tid att fota senare."

Catherine öppnade dörren och vinkade Julia att gå in i rummet.

Gästrummet var enkelt, med några trämöbler.

Julia tog ett djupt andetag och gick in.

KAPITEL 13

Han tappade koll på hur länge han väntade.

Hon tog aldrig av sig masken.

Efter att ha blivit uttråkad av att sitta och vänta ställde sig Julia framför en spegel och tittade på sig själv.

Masken var härlig.

Och han kunde inte sluta tänka på hur hennes rosa bröstvårtor och slida syntes genom klänningens tunna tyg.

Hon ifrågasatte sig själv och sina skäl för att vara där.

Innan jag hann tänka vidare knackade det på dörren.

En kvinna kom in, helt naken, endast iklädd en guldmask.

"Följ mig", sa den nakna kvinnan mjukt.

Julia följde henne ut ur rummet och ner i korridoren.

Det hade blivit mörkare.

Många av lamporna var släckta och det brann ett stort antal ljus åt alla håll.

Det var en grupp maskerade människor som stod i korridoren.

Några var nakna, några bar kostymer.

De bar alla masker.

De stod i en cirkel, med Catherine i mitten.

Catherine var helt naken förutom masken.

Det var första gången Julia hade sett Catherines helt nakna kropp.

Julia beundrade hennes tonade figur och vällustiga kurvor med stora bruna bröstvårtor.

Julia leddes till mitten av cirkeln, stående direkt framför Catherine.

De andra maskerade gästerna i rummet förblev tysta.

"Välkommen Julia," sa Catherine. "Kommittén beslutade att släppa in henne i vår privata klubb. Det var inte ett lätt beslut, men kvaliteten på hennes arbete och hennes diskretion är det som tillät henne att komma in. Det finns dock villkor för denna acceptans, skulle du vilja veta vad dom är?

"Ja", nickade Julia nervöst.

"För det första måste du uppleva sexuell underkastelse för att gruppen ska se. För det andra måste jag bära femton klädklämmor på din kropp under processen. Slutligen måste du få orgasm minst två gånger inom den närmaste timmen. Alla villkor är obligatoriska. Du kan acceptera dem eller lämna."

Julia tog ett djupt andetag.

"Jag håller med."

"Berätta varför du håller med. Varför vill du att sådana smärtsamma och förnedrande handlingar görs mot dig? Du är en väldigt söt tjej."

Julia tänkte en stund.

"Att titta på dina sessioner under de senaste två månaderna har öppnat mina ögon för något nytt. Jag vill fortsätta att vara en del av detta."

"Även om det innebär att man måste gå igenom den här initieringen?" frågade Catherine.

"Ja."

"Och vad gör det dig?"

"I en hora."

Catherine nickade.

"Ta av dig din outfit. Visa oss din vackra kropp."

Det var en kyla längs Julias ryggrad.

Trots maskerna kunde Julia känna att varje öga i rummet väntade med förväntan.

Hon drog ner den genomskinliga outfiten på fötterna och lämnade henne helt naken.

Hon motstod lusten att korsa benen och lät hennes renrakade gren förbli bar.

Hon motstod också lusten att täcka sina små bröst och lät hennes rosa bröstvårtor sticka ut.

Catherine steg fram och var bara några centimeter från Julia.

Hon sträckte ut handen och rörde vid Julias lilla bröst och strök hennes hand försiktigt.

Han ringde in den rosa bröstvårtan med fingret och klämde sedan hårt i den.

"Åh..." flämtade Julia.

"Går jag dig illa?"

"Lite."

"Ska vi sluta då?"

Julia visste att hon fick ett subtilt ultimatum.

"Nej. Snälla sluta inte."

Catherine klämde ännu hårdare på bröstvårtan, vilket fick Julia att flämta igen.

"Du kanske inte gillar det här först. Men du..."

En maskerad naken kvinna gick fram till dem med en kudde med en liten bunt klädnypor på.

Catherine tog ett av klämmorna, öppnade det och placerade det på Julias bröstvårta.

Sakta lät han klämman klämma ihop bröstvårtan, lite i taget.

Catherine släppte klämman som klämde hårt på bröstvårtan, vilket fick den att svälla.

"Det gör väldigt ont", sa Julia med stilla desperation.

"Vill du sluta? Villkoren är inte förhandlingsbara."

"Hur länge kommer klippet att vara där?"

"Tills du får orgasm två gånger ikväll. Jag kan skynda på om du vill. Det skulle vara lättare för en nybörjare som du."

"Snälla du..."

Catherine hittade en annan klädnypa och använde den skoningslöst på Julias andra bröstvårta.

"Ahhh..." skrek Julia.

"Det är två klipp än så länge. Tretton kvar."

"Var ska du lägga dem?" frågade Julia nästan rädd.

Catherine lutade sig fram och viskade i Julias öra.

"Vad sägs om dina blygdläppar? Det är den traditionella platsen för en kvinna. Vill du sluta lida eller gå med i vår klubb?"

Det var point of no return.

Julia bestämde sig på ett ögonblick, trots att hennes bröstvårtor var ömma.

Hennes bröstvårtor istället för rosa blev en mörk nyans av röd.

"Jag vägrar ge upp."

"Lägg dig sedan på rygg. Och sprid benen."

Julia låg på rygg på det heltäckningsbelagda golvet med breda ben.

Hennes kvinnlighet var helt exponerad och väntade på smärtan av klädklämmor.

Catherine knäböjde och tog sig tid att undersöka fittan framför sig.

Hon studerade den och beundrade den.

Catherine tog ett klädespänne, öppnade det och lyfte den vänstra sidan av Julias läppar.

"Det här kan göra lite ont", varnade Catherine. "Du är en vuxen kvinna. Så agera som en."

Med dessa varnande ord släppte Catherine grymt klippet, vilket fick henne att plötsligt knyta ihop sina läppar, vilket fick Julia att skrika.

Catherine log och sträckte sig efter ett nytt klipp, den här gången släppte det försiktigt mot sina läppar.

Trycket från den andra klämman fick läpparna att ändra form.

Catherine fortsatte processen tills vänster sida av Julias läppar var täckt med klädnypor.

"Hur känns din fitta?" frågade Catherine.

Julia vilade huvudet på mattan och bekämpade smärtan från hennes bröstvårtor och läppar som klämdes ihop från klädklämmorna.

"Det gör mycket ont i mig".

"Det visar att du är mänsklig. Jag är stolt över dig för att du har hållit ut så här länge. Din initiering är tuffare än de flesta eftersom din ekonomiska bakgrund inte är densamma som vår och du har inte en historia av slaveri."

"Jag förstår."

"Bra tik. Det svåra är nästan över."

Catherine sträckte sig efter ytterligare ett klädklämma, den här gången placerade hon det försiktigt över Julias högra läppar.

Julia backade inte längre och stönade inte.

Hon hade redan vant sig vid smärtan i sina känsliga sexuella områden.

Mönstret fortsatte tills alla klippen användes på Julias fitta.

Slidan, en gång söt och attraktiv, hade plötsligt blivit deformerad.

blygdläpparna sträckte sig åt olika håll som lera.

Catherine tittade in i Julias rosa fitta och såg att den var blöt.

"Du är redo för din första orgasm," sa Catherine. "Det är inte så här?"

"Jag är."

Catherine slog i mitten av Julias fitta utan förvarning.

Chocken fick Julia att gråta i en sällsynt kombination av smärta och njutning.

Julias fittsmisk fortsatte tills Catherines fingertoppar var täckta med vaginalvätska.

"Du är genomblöt, kära," sa Catherine. "Jag tror att du är redo."

Med det förde Catherine in två fingrar inuti sin fitta och använde fingrarna på sin andra hand för att leka med Julias klitoris.

Det var en kraftfull kombination.

Hans fingrar var skickliga på att sexuellt behaga andra kvinnor.

Med fingrarna arbetades det på ett speciellt och skickligt sätt.

Julia stönade av njutning.

Hon brydde sig inte längre om gruppen av maskerade människor som tittade på henne.

Vid den tidpunkten var allt hon kunde tänka på den brännande känslan i hennes fitta och bröstvårtor.

Fingrarna fortsatte det frenetiska arbetet.

Catherine gick snabbare och snabbare med mer intensitet.

Julias kropp ryckte till.

stönade hon.

Catherine kände att Julia var på gränsen till sin första orgasm, så hon arbetade ännu hårdare och fingrade sin heta fitta.

Julia vred sig, stönade och hennes rygg krökte sig.

Julia lät ut ett högt rop och hennes fingrar krullade, sedan slappnade hennes kropp av.

"Det är den första orgasmen hittills," log Catherine och tittade ner på sina fingrar som var täckta av fittsaft. "Nu är det dags för orgasm nummer två. Men den här kommer att bli lite svårare. Du kan sluta när du vill. Klar?"

"Ja."

Catherine knäppte med fingrarna och två maskerade nakna kvinnor kom fram och lindade lädertrosor runt Julias händer och vrister.

De guidade runt Julia så att hon låg på knä.

De sträckte ut handen efter Julias händer och vrister och hakade fast dem i krokar i marken.

Julia låg med ansiktet nedåt, helt bunden och hjälplös.

"Ditt sista test är sju tum på din rumpa. Oroa dig inte kitty, jag kommer att använda massor av glidmedel åt dig."

Julias ögon vidgades.

Bondagebanden på hans handleder och anklar var åtsittande, och han hade ingenstans att ta vägen, om han inte bestämde sig för att sluta, vilket permanent skulle avsluta hans förhållande med Catherine.

Hon vägrade att ge upp, även när hon kände hur Catherines fingrar trycktes in i hennes rumpa.

Fingrarna var täckta av en tjock smörjning.

Fingrar sonderade hennes lilla anus så långt de kunde.

Catherine var inte särskilt trevlig.

Det var allt för henne.

Så Julia satte helt enkelt sitt maskerade ansikte mot golvet och accepterade fingerpenetreringen inuti hennes rumpa.

"Jag ska använda penisremmen som du har sett mig använda så många gånger på mina rumpor," sa Catherine och lutade sig mot Julias kropp. "Jag ska gå långsamt först, men jag hoppas att du fortsätter med mitt tempo efteråt."

På den tiden hade Julia minnen av alla maskerade män som hade blivit analt knullade av Catherines många olika strap-ons.

Julia hade föreställt sig att vara i den undergivna rollen så många gånger tidigare.

Men hon hade aldrig föreställt sig att det faktiskt skulle hända henne.

Spetsen på selen tryckte hårt mot Julias anus.

Catherine använde sina händer för att sprida isär Julias skinkor, vilket lät sexobjektet komma in i det lilla hålet.

Julia stönade högt när föremålet kom in i hennes kropp.

Den tog sig sakta in i hennes ändtarm.

Hon knöt ihop händerna hårt och bet ihop tänderna.

När föremålet fortsatte den långsamma resan uppför hennes rumpa flämtade hon och lät ut ett stön.

Han fortsatte tills Catherines skrev tryckte mot hennes rumpa.

"Modig tjej", sa Catherine i Julias öra. "De flesta skulle ha gett upp vid det här laget. Inte du. Du är nästan klar. Det här kommer att kännas bra om ett tag."

Catherine drog sig sakta tillbaka från Julias ändtarm, gav sedan en försiktig knuff och drog den djupt inåt igen.

använde sakta rytmen enligt Julias spänning.

Varje stöt fick Julia att stöna.

Julia såg sig omkring i rummet medan hon höll på att sodomiseras.

De maskerade gästerna var tysta och tittade på showen.

Hon undrade vad de skulle tycka om henne.

Han undrade om de var upphetsade.

Han undrade om de ville hamna i hans rumpa också.

Stöten in i Julias rumpa fortsatte.

Smärta förenades snart med njutning.

Hennes bröstvårtor och fitta var fortfarande ömma efter klädesklämmorna.

Smärtan fortsatte att växa, men njutningen växte också med lika eller större intensitet.

Hennes anus värkte fortfarande av sex-tums sexleksak, och hon var inte riktigt van vid det.

Men det växte en märklig njutning inom henne.

Att bli analt knullad för alla att se var spännande.

Det var sensationellt.

Stöten blev snabbare och djupare.

Catherine visade mindre barmhärtighet och mindre ömhet och började verkligen vara oförskämd mot Julia.

Julia behandlades som någon av Catherines undergivna, vilket var en komplimang till Julia.

Det betydde att Catherine visste att Julia var stark och värdig nog att ta analstraffet.

"Jag kan känna din orgasm komma närmare," sa Catherine medan hon stötte. "Kom och hämta mig, älskling. Gör det och gå med i vår klubb."

"Jag försöker," flämtade Julia.

"Det här kanske hjälper, kattunge."

Catherine sträckte sig under och började leka med Julias klitoris samtidigt som hon sodomiserade henne.

Julias sexualitet anfölls från alla håll.

Hennes bröstvårtor värkte.

Hans läppar värkte.

Hans anus och ändtarm slogs skoningslöst.

Nu masserades hennes känsliga klitoris.

"Herregud!!!" Julia stönade.

Den unga kvinnans rygg krökte sig våldsamt och hennes händer och fötter knöt ihop sig av all kraft.

Vätskorna kom ut ur hennes fitta och täckte golvet.

För andra gången kom han framför alla en gång till.

"Grattis", sa Catherine och gnuggade Julias hår. "Du är nu medlem i vår klubb."

Catherine tog långsamt bort sexleksaken från Julias underdel och reste sig upp.

Hon såg Julia på marken.

Julia var sexuellt utmattad för tillfället och kom sakta tillbaka till sig själv.

De andra maskerade kvinnorna kom för att lossa Julia och tog bort klämmorna från hennes bröstvårtor och fitta.

Julia reste sig och de andra maskerade gästerna i rummet applåderade sin nya medlem.

EPILOG

Sex månader senare.

Julia bar en vacker klänning medan hon väntade i hissen.

Hon höll i ett stort gult kuvert.

När han väl nådde sin våning hälsade han sekreteraren med ett välbekant leende.

Sedan gick han in på Catherines kontor.

Skämt utbyttes och Catherine öppnade kuvertet för att titta på de nyframkallade bilderna när de båda satte sig.

"Du har överträffat dig själv ," påpekade Catherine och tittade på bilderna. "Utsökt arbete. Kameravinklarna, belysningen, timingen. Dessa är perfekta. Våra vänner på klubben kommer att älska dem."

"Tack. Jag hoppas att du tycker om dem."

"Det är synd att dessa bilder måste förbli privata. Din talang som fotograf borde uppmärksammas av många fler."

"Det räcker med erkännandet från dig", sa Julia modigt.

Catherine log.

"Vilken söt tjej."

"Jag såg min check placerad på sekreterarens skrivbord. Jag är säker på att det är ännu en generös betalning, som jag är mycket tacksam för. Men idag hoppades jag på något lite mer...extra..."

Catherine hukade sig ner på sitt kontor för att ta bort sina trosor under kjolen.

"Mycket bra. Du har trettio minuter på dig innan mitt nästa möte."

"Tack."

Julia närmade sig skrivbordet informellt.

Hon försökte dölja sin otålighet, men de visste båda hur Julia verkligen kände.

Catherine spred sina ben och såg Julia falla på knä.

Gränsen var trettio minuter, så Julia slösade ingen tid på att äta sin dominanta älskarinnas fitta tills hon nådde orgasm.

SLUTET